l'homme-joie

Il a été tiré de l'édition originale de cet ouvrage quarante exemplaires sur velin pur fil des papeteries Malmeynade numérotés de 1 à 40.

L'Iconoclaste
27, rue Jacob
75006 Paris
Tél : 01 42 17 47 80
Fax : 01 43 31 77 97
iconoclaste@editions-iconoclaste.fr

l'homme-joie se prolonge sur www.editions-iconoclaste.fr

Christian Bobin

l'homme-joie

L'Iconoclaste

Ecrire,
c'est dessiner une porte
sur un mur infran-
chissable, et puis
l'ouvrir.

L'homme-joie

Partons de ce bleu, si vous voulez bien. Partons de ce bleu dans le matin fraîchi d'avril. Il avait la douceur du velours et l'éclat d'une larme. J'aimerais vous écrire une lettre où il n'y aurait que ce bleu. Elle serait semblable à ce papier plié en quatre qui enveloppe les diamants dans le quartier des joailliers à Anvers, ou Rotterdam, un papier blanc comme une chemise de mariage, avec à l'intérieur des grains de sel angéliques, une fortune de Petit Poucet, des diamants comme des larmes de nouveau-né.

Nos pensées montent au ciel comme des fumées. Elles l'obscurcissent. Je n'ai rien fait aujourd'hui et je n'ai rien pensé. Le ciel est venu manger dans ma main. Maintenant c'est le soir mais je ne veux pas laisser filer ce jour sans vous en donner le plus beau. Vous voyez le monde. Vous le voyez comme moi. Ce n'est qu'un champ de bataille. Des cavaliers noirs partout. Un bruit d'épées au fond des âmes. Eh bien, ça n'a aucune importance. Je suis passé devant un étang. Il était couvert de lentilles d'eau — ça oui, c'était important. Nous massacrons toute la douceur de la vie et elle revient encore plus abondante. La guerre n'a rien d'énigmatique — mais l'oiseau que j'ai vu s'enfuir dans le sous-bois, volant entre les troncs serrés, m'a ébloui. J'essaie de vous dire une chose si petite que je crains de la blesser en la disant. Il y a des papillons dont on ne peut effleurer les ailes sans qu'elles cassent comme du verre. L'oiseau allait entre les arbres comme un serviteur glissant entre les colonnes d'un palais. Il ne faisait aucun bruit. Il était aussi simplement vêtu d'or qu'un poème. Voici, je me rapproche de ce que je voulais vous dire, de ce presque rien que j'ai vu aujourd'hui et qui a ouvert toutes les portes de la mort : il y a une vie qui ne s'arrête jamais. Elle est impossible à saisir. Elle fuit devant nous comme l'oiseau entre les piliers qui sont dans notre cœur. Nous ne sommes que rarement à la hauteur de cette vie. Elle ne s'en soucie pas. Elle ne cesse pas une seconde de combler de ses bienfaits les assassins que nous sommes.

L'étang fleurissait sous le ciel et le ciel se coiffait devant l'étang. L'oiseau aux ailes prophétiques enflammait la forêt. Pendant quelques secondes j'ai réussi à être vivant. J'ai conscience que cette lettre peut vous sembler folle. Elle ne l'est pas. Ce sont plutôt nos volontés qui sont folles. Je veux ici parler simplement de ce qu'on appelle une « belle journée », un « ciel bleu ». Ces expressions désignent un mystère. Un couteau de lumière dont la lame fraîche nous ouvre le cœur. Nous sommes enfouis sous des milliers d'étoiles. Et parfois nous nous en apercevons, nous remuons la tête, oh juste quelques secondes. C'est ce que nous appelons du « beau temps ».

J'imagine quelqu'un qui entre au paradis sans savoir que c'est le paradis. Il a des inquiétudes, des projets. Il est très occupé. Un bruit de fer, un cliquetis d'épées l'accompagne. C'est si banal, la guerre. Et puis tout d'un coup il y a une lumière de neige sur un étang, et un oiseau aux ailes d'or fracasse les murailles du monde. C'est quelque chose d'inespéré. Quelques secondes suffisent, n'est-ce pas, pour vivre éternellement. « Nous sentons et nous éprouvons que nous sommes éternels » : cette pensée de Spinoza a la douceur d'un enfant endormi à l'arrière d'une voiture. Nous avons, vous et moi, un Roi-Soleil assis sur son trône rouge dans la grande salle de notre cœur. Et parfois, quelques secondes, ce roi, cet homme-joie, descend de son trône et fait quelques pas dans la rue. C'est aussi simple que ça.

Je n'aime que les livres dont les pages sont imbibées de ciel bleu — de ce bleu qui a fait l'épreuve de la mort. Si mes phrases sourient c'est parce qu'elles sortent du noir. J'ai passé ma vie à lutter contre la persuasive mélancolie. Mon sourire me coûte une fortune. Le bleu du ciel, c'est comme si une pièce d'or tombait de votre poche et qu'en l'écrivant je vous la rendais. Ce bleu en majesté dirait la fin définitive du désespoir et ferait monter les larmes aux yeux. Vous comprenez ?

En écrivant
à la main je compte les
moutons que je n'ai pas.

C’est Maria

Elle dit « C'est Maria » puis elle se tait. À l'autre bout du téléphone son silence est si pur qu'on rêverait de ne jamais le rompre. « C'est Maria. » La voix de la gitane, si jeune, enceinte, vibre dans une nuit profonde d'avant Dieu. Un bijou de voix sur un écrin noir. Le timbre est sourd. On est à l'intérieur du cœur noir d'une rose, on ne perçoit plus la rumeur distrayante du temps, on est au centre du miracle. « C'est Maria. » Son enfant verra le jour dans quinze jours, il donnera au monde la flamme de ses petits yeux gitans, en attendant, il n'y a que la voix étonnée de celle qui le porte. Elle est seule avec sa bonté qu'elle ne connaît ni n'entend. C'est avant la création, avant l'ouverture des portes du paradis, Dieu n'est pas encore levé. Adam et Ève sont des paysans. Les gitans les ont précédés. Ils poussaient leurs caravanes sur la Voie lactée. Ils dormaient dans le noir entre les étoiles. Ils frottaient leurs mains pour réchauffer Dieu qui n'est que chair, sang et voix. « C'est Maria. » Elle se présente toujours ainsi au téléphone, comme si elle était à l'extérieur d'elle-même, comme si elle poussait quelqu'un devant elle par timidité, pour ne pas apparaître la première sous la lumière toujours faussée d'une conversation, et ce quelqu'un c'est elle, « C'est Maria ». Ces deux mots sont tout ce qu'il y a à penser dans la vie. Il n'y a jamais eu d'autre énigme que celle du surgissement d'un humain dans sa voix, dans ses mots, dans l'incendie d'un silence.

La première fois que je la rencontre elle a dix ans, peut-être sept : les enfants gitans semblent toujours plus âgés tant leurs chairs sont lourdes du sang divin de l'expérience. C'est à Avignon, en été. Elle est à côté de son frère Sorin. Je suis plus impressionné par leur apparition que si je voyais le pape en personne. Ils sont surnaturellement silencieux. Deux blocs de pensée avec des émeraudes dans la pierre de la chair, à la place des yeux. Un roi et une reine dont tout le monde ignore la présence dans les rues poussiéreuses de soleil. Je n'ai jamais quitté ma ville, jamais quitté ma chambre et tout d'un coup je découvre les ambassadeurs du grand ciel : deux chefs-d'œuvre qui bougent à peine, ne parlent pas, dévorent l'azur des yeux. Dans cent ans je ne serai plus là, mais mon ombre se souviendra toujours d'eux comme du sublime alliage du farouche et du pur. « C'est Maria. » Elle s'annonce et s'efface dans le même souffle. Les gitans ont des pudeurs de violette. Son nom qu'elle jette en avant d'elle dans le froid astral est comme ces nourrissons que les religieuses trouvaient aux portes des églises, un nom confié au soin de Dieu qui est là pour ça, pour arrêter l'hémorragie du bleu, la mise aux ténèbres d'un cœur simple, la terreur intime d'être un jour abandonné. « C'est Maria. » Il ne se passe plus rien dans nos paroles. Nos images nous ont aveuglés. Nous avons lavé nos visages de l'âme qui nous gênait. Dieu est à des années-lumière de nous, même si un nouveau-né l'attrape d'un petit tour de main. Les gitans, les chats errants et les roses trémières savent quelque chose sur l'éternel que nous ne savons plus.

Soulages

S'il y a un sale passage après la mort, ce doit être l'entrée du musée de Montpellier. Invité pour une lecture, cueilli à la gare, conduit dans une chambre d'hôtel dont les hautes boiseries sombres semblent sculptées au couteau comme ces horloges suisses d'où jaillit toutes les heures un coucou survolté, j'ai trois heures à brûler avant la rencontre. Découvrant une notice sur le musée et les tableaux de Soulages qu'il abrite, je ressors de l'hôtel et marche sous le bleu. Le musée a un museau sans histoire, harmonieux, posé, genre partita de Bach. Un pas à l'intérieur et je me vois perdu, assailli par les angles noirs et blancs peints au sol. Le hall, immense, est vide et caverneux comme un tombeau pillé. Je ne serais pas étonné qu'on me demande de laisser mon âme au vestiaire. On m'explique le sens de la visite. J'écoute si attentivement que je ne comprends rien. Je vais au hasard. Et voilà. En haut du ciel, dernier étage, les peintures de Soulages.

Ce qu'on voit nous change. Ce qu'on voit nous révèle, nous baptise, nous donne notre vrai nom. Je suis un enfant dans une buanderie, devant des draps noirs mis à sécher sur une corde. Les tableaux sont de grandes bêtes vivantes allongées, un peu engourdies d'être là. Une lumière d'or blanc bat leurs flancs. Leur souffle est lourd, lent, imbibé de silence. Je ne sais quoi faire devant elles qui ruminent les herbes noires de l'éternel. Montpellier a disparu, engloutie par la paix fabuleuse de ces toiles bien plus sûrement que par une inondation.

Une paix massive arrive comme devant un calvaire d'or. La vision de Soulages est plus puissante que la mort, elle l'arrête comme jadis on arrêtait un vampire avec une croix. Ce noir charpente mon cerveau, y tend ses poutres maîtresses dont le deuil n'est qu'apparent : le noir est l'éclair d'un sabre de cérémonie, une décapitation qui ouvre le bal des lumières. Ces œuvres appellent le grand air, leurs falaises réclament un vent furieux. Je ne suis pas devant l'œuvre d'un contemporain mais devant le plus archaïque des peintres. Ses peintures sont des maisons zen, les trois quarts d'une maison zen dont le spectateur fait le quart restant. Un gardien noir en costume noir arpente la salle, mains dans le dos, martyr d'un temps sans aiguilles. Nous sommes seuls au milieu des bêtes divines préhistoriques dont le cuir goudronné est suant de lumière.

Je vais vers l'autre humain, irrésistiblement. Je lui demande ce qu'il pense de ces peintures. « Nous n'avons pas le droit de donner notre avis, monsieur. » Comme j'insiste, le malheureux bredouille : « Nous sommes aussi des humains, nous pensons, nous sentons, même s'il nous est interdit de dire ce que nous pensons des peintures de ce musée. » Je le quitte pour ne pas le tourmenter davantage. Je passe devant une dernière peinture dont les stries noires, huilées, donnent à voir le rideau de fer baissé du magasin de dieu. Le soir une femme me dit que son enfant aime Soulages depuis qu'il a trois ans et qu'elle ne sait pas pourquoi. À peine plus âgé, Soulages peint tout en noir un paysage sous la neige. Je comprends l'enfant qui est devant moi, je comprends celui qu'a été Soulages, et je ne peux rien expliquer. Expliquer n'éclaire jamais. La vraie lumière ne vient que par illuminations, explosions intérieures, non décidables.

La nuit, la mort et les gardiens de musée ont la même façon de venir vers nous et nous dire qu'on va bientôt fermer. Je reprends le chemin de l'hôtel. Les platanes de Montpellier soulèvent la coupe de mon crâne jusqu'à la Voie lactée grésillante d'étoiles blanches, magique de brûlures blanches sur un irréfutable fond noir. Je rentre dans mon horloge suisse et m'endors en pensant comme chaque soir que le plus beau est à venir.

Je rêve d'un petit livre
dur comme le crâne
rasé d'un enfant
bagnard mais dont
la fontanelle ne
serait pas encore
soudée.

L'irrésistible

Depuis sa mort il vit au Canada. C'est froid, le Canada. C'est comme la neige, blanc, lumineux et froid. Depuis sa mort il vit dans la lumière blanche, glacée. Quand est-ce qu'il a pris la décision de mourir, d'aller au Canada. Vous ne savez plus. C'est marqué sans doute sur la pochette d'un disque mais vous n'avez pas de disque, que des cassettes avec très peu de mots dessus, parfois rien, juste le visage, son visage de pasteur ou de fou, son visage de pasteur sous les neiges, de dément sur les glaces. Après tout, peu importe la date. Elle n'amènerait rien de précis à votre méditation. Elle ne dirait rien de juste. Quand une chose arrive, quand elle arrive vraiment, ce n'est jamais dans le temps qu'elle arrive. La mort, l'amour, la beauté, quand ils surviennent par grâce, par chance, ce n'est jamais dans le temps que cela se passe. Il n'arrive jamais rien dans le temps — que du temps. Il vous suffit de savoir que ce départ a lieu très tôt. Très tôt dans sa vie, la mort. Avant il donne des concerts, gouverne des orchestres ou plutôt, car il n'est que pianiste, il s'entête à refuser tout gouvernement d'un chef, d'un ensemble, d'un orchestre. Je joue à ma manière. À ma manière froide et brûlante. Suivez-moi si le cœur vous en dit. Suivez-moi dans le Grand Nord des partitions, sous les sapins sombres de la musique. Si vous le pouvez, suivez-moi. Là où je vais, là où je joue, il n'y a personne — que la musique immaculée.

Oui, très jeune, après beaucoup de contrats signés, beaucoup de roses lancées, de visages offerts, de mains tendues, très jeune il dit j'arrête, j'ai affaire ailleurs, j'ai affaire avec le givre, je vous demande de m'excuser, de ne pas trop m'en vouloir, j'ai rendez-vous au Canada avec la musique, avec la solitude de la musique, avec la solitude de la solitude. Je vous laisse. C'est mon intérêt de vous laisser et c'est aussi le vôtre. Vous m'aimez. Vous me dites que vous m'aimez mais vous ne savez trop ce que vous dites. Vous m'aimez trop. Vous voulez plutôt m'enfermer là où je suis, là où vous êtes, entre les murs de piano noir, de fauteuils rouges, bien au chaud avec vous. Je préfère le froid à cette chaleur. Ne vous offusquez pas. Votre amour m'a nourri, m'a fait grandir. Maintenant que je suis grand il me faut bien aller ailleurs, chercher autre chose. Je ne pourrais passer ma vie à me nourrir de cet amour, personne ne pourrait raisonnablement passer sa vie à manger. Je vous enverrai des cartes postales. Je vous ferai des disques. Plus de concerts, que des disques. Ils vous donneront de mes nouvelles, des images du Grand Nord. Une nourriture plus substantielle que la nourriture. Une musique plus aérienne que la musique. Vous verrez, vous entendrez : le pain du silence, le vin du silence. Et juste quelques notes, par-ci, par-là. Le moins possible de notes. Ce qu'il faudrait, mais je rêve, c'est une musique qu'il ne serait plus nécessaire de jouer, pour l'entendre. J'ai de l'argent. J'ai l'argent que m'a donné votre amour. Beaucoup d'argent, vraiment. Avec cet argent je me suis acheté un studio, des appareils, des bandes magnétiques, des micros, de quoi tenir cent ans sur mon glacier, cœur brûlant sous la neige froide. Mais d'abord laissez-moi aller. Plus de concerts. Finis les concerts. Ce qui est gênant, ce qui m'a toujours gêné dans les concerts, c'est qu'on voit. Et voir empêche d'entendre. On écoute la musique d'un côté, on regarde le musicien de l'autre —

le musicien ou la belle dame riche décolletée au deuxième rang à gauche. Je ne sais si vous l'avez remarqué, mais on ne peut faire deux choses en même temps, mener deux chevaux dans le même galop. On ne peut pas écouter et voir. Voir l'emporte. Voir est beaucoup trop fort, beaucoup plus fort. Au concert nous sommes trois : vous, moi et le piano. Quatre si je compte la musique. Cela fait trop de monde, et trop de monde cela fait trop de bruit. Au bout du compte on n'entend rien — juste le froissé de la soie sur des épaules nues. Au Canada vous ne me verrez plus. Comme ça vous m'entendrez. Au Canada je vais parce que vous n'y allez pas. Au Canada il n'y aura que moi, mon piano et la musique. Dans un premier temps. Dans un second temps il n'y aura plus que la musique seule. La musique sans intermédiaire, sans piano, sans moi, sans rien. Vous écouterez les disques, vous comprendrez ce que je vous dis là ce soir, le soir de ma disparition — bonsoir, adieu, merci.

Ensuite plus rien n'arrive, que des disques avec le nom dessus. Un prénom vif et sec comme l'attaque d'une sonate — Glenn. Un nom plus sourd, la vibration maintenue du nom comme dans les profondeurs d'un adagio — Gould. Glenn Gould, renard des neiges, marmotte des sons. Il joue Bach, et encore Bach, et surtout Bach. Il pourrait à vrai dire jouer n'importe quoi : le charme serait toujours le même, la grâce d'un prince adolescent, le charme d'un départ sur la pointe des notes. Quand on parle, on campe dans sa parole. Quand on se tait, on campe dans son silence. Quand on joue de la musique, on lève le camp, on replie sa tente et on s'éloigne dans le chant faible, délivré de la corvée de dire et de taire. On s'éloigne comme un jeune homme s'éloigne

— sans savoir vers quoi, car sinon ce ne serait pas s'éloigner. Dans la musique on est comme dans l'amour : engagé sur le sentier de la vie faible. On va du point A au point B, d'une lumière à une autre. On est entre les deux, trébuchant dans le noir. Vivant d'incertitude et souriant d'hésitation, attentif à ce mouvement en nous de la vie frêle, oublieux du reste.

Pendant des années le jeune homme austère arrive dans votre maison, emmenant avec lui son piano, sa chaise et sa manie de chantonner par-dessus les notes, de laisser traîner, par-dessus une musique saisie de perfection, le négligé d'une voix, le brouillon d'un souffle. Vous l'écoutez sur des appareils plutôt rudimentaires qui se détraquent un à un. D'abord le petit poste dans la cuisine, ensuite le magnétophone dans la grande salle. Le radio-réveil résiste encore, mais pour combien de temps.

Vous laissez aller, vous laissez faire. Vous êtes avec ces appareils comme avec le reste de votre vie : vous ne cherchez surtout pas à réparer, à revenir à un état antérieur des choses, à un paradis des premiers temps. C'est un principe. C'est un des rares principes que vous vous connaissiez, et peut-être même est-ce le seul : ne jamais contrarier le cours des choses. Ne surtout pas résister au désastre. Quand l'incapacité est là — l'incapacité d'entendre, d'écrire ou d'aimer, l'empêchement de toute respiration — vous lui donnez la place, toute sa place, son temps, tout le temps. Vous ne faites donc pas réparer les appareils. D'ailleurs l'argent vous manque, et ce serait inutile : une nouvelle panne arriverait très vite, par un autre côté. Vous n'avez pas de « chaîne » — à cause du mot qui vous fait horreur. Vous n'avez à votre disposition que ces instruments rudimentaires, ces machines capricieuses qui rongent vos cassettes, laissant de loin en loin passer un filet de musique, comme les plaintes d'une fée enfermée dans le noir. Ce n'est pas important. Ce n'est pas gênant : vous pouvez fort bien vous contenter de ce mélange de grincements et de mélodie, de râpeux et de fluide, de mécanique et d'esprit. Parfois les appareils suspendent leur mauvaise volonté et vous n'entendez plus que la musique seule — des nappes de musique sur le velours d'un silence. Mais le retour inéluctable des bruits parasites ne vous contrarie pas, ne vous empêche pas d'entendre et de jouir. D'ailleurs il parle de ça, le pianiste aux mains gantées de laine, le jeune homme des terres blanches. Il raconte dans un livre d'entretiens comment il trouve le meilleur de son art en provoquant, dans la pièce où il joue, un bruit épouvantable, en mettant en marche un aspirateur à côté du piano : le bruit fait comme un cercle, comme un mur entre le monde extérieur et sa méditation. Le bruit absorbe la mauvaise part de l'esprit, ne laissant subsister que la pure attention à la pure musique. La pureté n'est jamais si pure que lorsqu'elle fleurit au milieu de l'impur. La vie n'est jamais si forte que lorsqu'elle est contrariée par un côté, empêchée dans une de ses voies : elle file limpide, par l'issue qui lui reste. Un peu comme si, sur l'extrémité d'un robinet, on appuyait la main, rétrécissant à l'extrême le passage de l'eau : elle ne sourd plus, alors. Elle jaillit. Mais bon, un jour c'est la fin. Un jour le dernier appareil remet à Dieu sa petite âme électronique, ne vous laissant plus que son corps de métal froid, silencieux, obstinément silencieux. La neige ne descend plus à l'intérieur de la maison. Le pianiste ne peut plus, pour vous rendre visite, que monter dans une voiture où une ultime radiocassette continue de faire son travail, impassible.

Vous allez ainsi chercher l'enfant à l'école. La petite fille monte dans la voiture, n'écoute pas la musique, tout occupée à vous raconter ses histoires : les notes sur le cahier, les fous rires derrière le livre, le soleil sur le préau. Un jour elle vous apprend une grande nouvelle. On écrit un roman, avec une amie. On a déjà écrit cent pages. Je ne peux pas te montrer, simplement te dire le titre : *l'Irrésistible*. Le jour suivant, elle vous révèle le désastre : le cahier où s'écrivait le roman est tombé dans une flaque d'eau, ce n'est plus qu'un sale paquet d'encre, le roman a fondu et il n'en reste plus que le titre, le perce-neige de son titre. Bah, on le réécrira, ce n'est pas grave. Et l'enfant assise à côté de vous passe à autre chose, entame une autre phrase, riante, chantonnant parfois, accompagnant sans en avoir conscience le mouvement de la musique, la fuite de neige des notes, traversant la catastrophe du roman avec la légèreté de celui qui s'en allait dans le Grand Nord de son cœur, sous des tonnes d'étoiles blanches. Ce jour-là vous conduisez un peu plus lentement que d'habitude, choisissant le chemin le plus long, attentif à ne rien perdre des deux chantonnements, celui du pianiste, celui de l'enfant, cette cantate à deux voies du génie de la vie. Puis l'enfant descend de la voiture, et Bach avec l'enfant, et Gould avec Bach. Un jour passe et d'autres jours encore. Dans la maison désormais silencieuse vous écoutez le jeune homme au sommet de son art, Bach sans Bach, Gould sans Gould, vous écoutez sans rien en perdre cette musique sans cassettes, sans aspirateur et sans piano, cette musique sans musique, ce chant sublime de la vie faible, de la vie pauvre, contrariée, absente, — irrésistible.

La douceur de ce poème
était si grande qu'à
la fin de ma lecture
je n'avais plus de
corps.

Un prince

Un prince à la chemise bouffante perlée d'or m'attendait dans la chambre. Je l'avais fait entrer puis je l'avais oublié. Il patientait près de la fenêtre. J'ai tout de suite vu en revenant vers lui qu'il ne m'en voulait pas de l'avoir oublié. Humble et fort, il était de la race des bénisseurs. Son âme ensoleillée diffusait dans la pièce une odeur de sainteté à quoi, même les yeux fermés, j'aurais reconnu mon invité : une branche de mimosa.

Quand j'étais jeune, mes livres s'écrivaient d'eux-mêmes. Je n'en étais pas le maître. La lune, l'herbe, le visage solaire de l'amoureuse et la vie qui est plus que la vie et la mort réunies, tout les écrivait. Ils étaient à peine « mes » livres. Je sortais d'une trentaine d'années d'enfermement. La robe blanche de l'amoureuse m'avait ébloui. De cet éblouissement avaient jailli des centaines de lettres et de carnets. Les mots que j'écrivais étaient comme les petits moulins que les enfants tiennent dans leur main, dont le vent brasse les ailes colorées. J'écoutais battre le tambour du cœur. Je sentais sur ma joue la main du soleil : un seul printemps et c'était tous les printemps, une seule seconde de vie et la vie était vécue dans sa totalité. L'amour c'est quand quelqu'un se met à vous parler comme une rivière, comme une étoile ou comme la fleur du chèvrefeuille dont le parfum me soûle et soûlait hier celle qui n'est plus là, celle qui est sous la terre, celle qui n'est pas sous terre mais auprès des anges dont elle sait désormais les prénoms.

Dans la penderie du ciel bleu, une robe blanche. Elle sort de la lessive de la mort. L'éternité la sèche.

Nous recevons la nouvelle de la disparition d'un être aimé comme l'enfoncement d'un poing de marbre dans notre poitrine. Pendant quelques mois nous avons le souffle coupé. Le choc nous a fait reculer d'un pas. Nous ne sommes plus dans le monde. Nous le regardons. Comme il est étrange. Le moins absurde, ce sont les fleurs. Elles sont des cris de toutes les couleurs. La moindre pâquerette cherche désespérément à se faire entendre de nous. Sa parole c'est sa couleur. Quand tu es morte, je suis devenu un drogué des fleurs. J'en mettais partout dans ma maison. Le monde, dont ta mort m'avait détaché, tournait lentement comme une boule noire dans le noir mais il y avait cette insolence colorée des fleurs, ce démenti jaune, blanc, rouge, bleu, rose au néant monocorde. Les religieuses dans les monastères savent l'importance explosive d'un bouquet de roses dans un pot de grès. Le poing de marbre s'est retiré de ma poitrine. Je suis revenu au monde comme l'enfant presse son visage contre la vitre. Le monde n'aime pas la mort. Il n'aime pas non plus la vie. Le monde n'aime que le monde. Il a donc repris toute sa place. Presque : je n'oublie pas ce que m'ont dit les fleurs en ton absence. Car j'ai fini par les entendre. La vie est à peu près cent milliards de fois plus belle que nous l'imaginons — ou que nous la vivons. Je vois la vigne vierge à la fenêtre. Des souffles colorés traversent le pré. Les fleurs sont les premières gouttes de pluie de l'éternel.

Yeux murés par l'éternel, j'avale les féeries de l'air. Et j'écris. C'est ma réponse au sans réponse, mon contrechant, un bruit d'ailes dans le feuillage du temps. Je ne peux pas te parler du mimosa puisque tu n'es plus là. Mais le mimosa, lui, me parle très bien de toi : tout ce qui est délicat a traversé le pays des morts avant de nous atteindre.

Un carnet bleu*

**Carnet envoyé à « la plus que vive » en 1980.*

tu ouvrirais ce
carnet. tu verrais
qu'il y serait question
du ciel, de cette part
du ciel qui reste
en nous, électrisée,
nocturne, sauvage,
inaliénable. tu ver-
rais sur le bleu
de ces pages la
blancheur d'une

étoile, qui est celle
aussi du sel, du feu.
Des mots passeraient
sous tes yeux, dans
le matin de tes
yeux. Un mot com-
me celui-là :
"âme". l'âme.
Un linge frais
de soleil, amoureu-
sement plié. Un

drap d'or pour la
couche des amants,
liseré de noir, brodé
avec les initiales
conjointes de l'orage
et de l'aurore.
tu lirais encore, plus
loin. Vers d'autres
mots. tu lirais les
mots précieux, les
mots ruisselants,

les mots princiers,
ceux du désespoir,
ceux, les mêmes, de
l'espoir. Tu com-
prendrais alors.
Tu comprendrais que
dans chacun de ces
mots, sur chacune
de ces pages, il n'au-
rait été question que
de toi, que de cette
merveilleuse coïn-

cidence entre toi
et l'amour que j'ai
de toi. Entre toi
et ces mots qui
sont les miens pour
te dire. Entre toi
et ces mots conçus
dans la nuit, en-
gendrés par ce
désordre qui suit
ton entrée en mon

âme et qui la
pacifie. tu com-
prendrais que tu
ne m'a jamais em-
pêché d'écrire. tu
comprendrais que
je n'ai jamais écrit
que pour toi, même
avant de te connaître,
même dans le temps,
dans l'immensité
sombre du temps

précédant notre
rencontre. Dans ce
désert, j'écrivais
alors dans l'attente
de l'amour, dans
l'attente de sa
venue, dans l'im-
possibilité de sa
venue. J'écrivais
des mots plus ora-
geux que la nuit,
plus sombres que

la nuit, dans l'espoir de la passer, de défaire la nuit par plus de nuit. A présent j'écris. Dans l'amour, dans la lumière, j'écris. Avec des mots plus lumineux que la lumière, pour passer la lumière, pour atteindre ce qui

en elle n'est plus
sujet aux éclipses,
pour gagner cette
clarté que ne dé-
soriente plus la
lente rotation des
jours. Avec toi
j'écris. Avec toi
je vois que les mots
sont les mêmes. Ceux
de la nuit. Ceux du
plein jour. Ceux de

l'attente de l'amour. Ceux de l'amour. Du désespoir. De l'espoir. J'écris dans ce savoir que nous sommes seuls à connaître. Je t'écris. Dans ces carnets mais aussi dans tout ce que j'écris. Tu es présente aussi bien, d'un bout à l'autre pré

sente dans ces texts
que j'envoie à Mont-
pellier. Dans cette
impossibilité où je
suis de parler de toi
et qui n'est pas que
circonstancielle. Dans
cette nuit où tu es
en moi, dans cette
nuit brûlante où
tu es qui se confond
avec celle d'où

viennent les mots,
j'écris, je t'écris.

Je t'appelle. Sur ces
pages je t'appelle.
dans ces forêts,
près de cet étang,
sur ces routes, sur
ces terres que nos
pas en les mesurant
portaient à l'infini,
je t'appelle.

Le laurier-rose

J'aimerais écrire un livre qu'on pourrait lire même après avoir perdu son amour. Cet homme qui vient de perdre sa femme ne parvient plus à lire : « Je ne veux pas que les livres me trompent. » J'entends : « Je ne veux pas que les livres ni rien au monde m'éloigne une seule seconde de ma gisante de lumière, interrompe ma contemplation de la gueule ouverte du néant, de ses dents de marbre qui à la fin broient tout ce que nous connaissions de plus précieux. » Pendant qu'il parle, les lauriers-roses de son jardin tournent en neige : le jour tombe, les fleurs entrent en lutte avec les ténèbres. Le visage de mon ami brûle sous les lumières roses. Cherchant son épouse dans les ténèbres, il n'y trouve que lui. Je comprends sa méfiance devant l'écriture. La souffrance que nous avons de notre amour est encore notre amour, l'empêche de glisser au noir comme l'y feraient glisser les affreuses consolations. D'autres fleurs errent dans le jardin. Dans la journée leur bleu a failli me rendre aveugle. Elles cèdent au premier assaut de l'ombre, leur couleur bue comme du sang. Le laurier-rose résiste. À l'heure de nous quitter, sa neige surnaturelle n'a toujours pas perdu la partie. Tous les jours, des centaines de boîtes dans le monde partent sous terre ou brûlent avec à l'intérieur des gens devenus génies par la grâce de mourir. Ils savent tout, ne disent rien. Leur silence est le même que celui des fleurs. Les yeux, on ne réussit jamais à les enterrer. La glycine en crue par-dessus le muret : une sainte en extase. Un jour je serai sous deux mètres de silence et je me souviendrai d'elle. On m'accuse d'être mièvre ? Que dira-t-on à maître Dôgen, ce sage du treizième siècle japonais, lorsqu'il écrit : « L'univers entier est fait des sentiments et des émotions des fleurs » ?

La lutte légendaire d'un laurier-rose avec la grande armée de l'ombre, je la retrouve chez Corneille, dans les personnages de *Suréna*. La langue est celle des laves qui travaillent sous le jour. Une reine va chercher le feu dans ses entrailles. Son cri doré à la feuille d'or est le hurlement d'une gisante du dix-septième siècle soudain tirée de son repos pour retrouver l'inépuisable douleur de vivre : « toujours aimer, toujours souffrir, toujours mourir ». Ce cri m'épouvante et me comble. Une paix m'arrive par ce hurlement. Il est tard. Cela fait deux fois de suite que je lis *Suréna*.

On peut traverser la mort à gué avec un seul poème en poche. Lire, écrire, aimer, sainte trilogie. Le poème, un cercle de silence aux pierres brûlantes. Le monde, un froid qui gagne jusqu'aux étoiles. Vers deux heures du matin les reines meurent et je m'émerveille de leur cri. «Toujours aimer, toujours souffrir, toujours mourir.» Le monde ignore l'illumination de ce cri. Ce sont les morts qui allument les lampes de la vie.

Ce qui me manquera dans l'éternité, ce sont les livres et les lettres. Le reste ne sera que délices, dès aujourd'hui sensibles.

La gueule du lion

Mon idéal de vie c'est un livre et mon idéal de livre c'est une eau glacée comme celle qui sortait de la gueule du lion d'une fontaine sur une route du Jura, un été. Je me trouvais dans un de ces bagnes joyeux qu'on appelle « colonie de vacances ». J'y étais abandonné depuis des siècles, incorporé à une petite troupe d'assassins chanteurs, mes semblables, quand au milieu d'une marche forcée sous le soleil apparut la fontaine crachant l'écume de sa lumière. Je me précipitai sous la gueule du lion, ouvris la bouche et avalai un océan d'eau froide. L'eau fila dans mon corps jusqu'au cœur où elle éteignit le feu de l'abandon qui le ravageait. Des dizaines d'années après je me souviens du mystique réconfort donné par l'eau glacée. La gueule du lion, je la cherche chaque fois que j'ouvre un livre.

Dans une librairie ancienne un livre daté de 1670 : *Pensées de monsieur Pascal sur la religion et sur quelques autres sujets.* À cette époque pour fabriquer les livres on abat des arbres à la hache. C'est une mort fraternelle à laquelle les anges acquiescent. Rien de plus jeune qu'un vieux livre. Pascal jaillit du noir, les yeux mouillés d'or. Son aventure vient d'une région souterraine plus profonde que sa volonté — à peine s'il y est pour quelque chose. Une nuit son âme prend feu. Les chevaux de la pensée filent au galop, leurs robes couvertes d'une sueur d'encre. De l'illumination du lundi soir 23 novembre 1654 Pascal revient avec une poignée de braises — quelques notes cachées dans la doublure de sa veste pour, d'une pression de la main, se souvenir de sa vision. L'éternel fait un bruit de papier froissé.

Trois jours. Trois nuits. J'ai passé trois jours et trois nuits à bord de ce rafiot martyrisé par la tempête. Même dans mon sommeil, là où plus rien ne bouge, quand aucun brin d'herbe n'est agité par une brise dans la prairie noire du cerveau, là où tout est noir, trempé de noir et seulement lézardé en surface par les feux follets d'un rêve, même dans la soute noire du cerveau plombé par les puissances du sommeil, même là j'entendais le halètement des vagues, la butée de l'eau lourde contre mes os, les gifles données par une main d'acier noir, la fascinante approche de la fin des étoiles, de l'océan, du navire et de moi. Trois jours et trois nuits sur ce bateau, à sentir mon cœur se décrocher dans ma poitrine, à glisser dans l'abîme d'une peur aux yeux noirs, une peur qui était devenue visage, un visage qui était celui de ma fin, de la fin des étoiles et du diable et de dieu et de tout — sauf de la peur. Je parlais, je mangeais. Je pensais à d'autres choses. La peur ne me quittait pas, délicieuse et brutale. De rouge mon sang passait au noir. La nuit me remontait au cœur. La nuit était la cargaison de ce bateau dont les bois hurlaient. J'ai su ce qu'était mourir, lever la tête et voir les étoiles pleuvoir et s'éteindre : plus rien. Plus rien qu'un cercle d'eau noire autour du navire sur lequel je m'étais sans trop savoir pourquoi embarqué. Plus rien qu'une muraille de feu noir, un tonneau cerclé de cris dans lequel je roulais, perdais mon sang, ma force, trois jours, trois nuits. Et la confiance au bout. Non, pas au bout : *à l'intérieur* du bloc noir, dans la gueule béante du noir, le point jaune de la confiance. C'était donc ça. Il fallait donc passer l'épreuve du noir, l'épreuve du naufrage prochain, certain, il fallait donc embrasser la peur aux yeux furieux, l'aimer comme du bon pain, continuer la traversée, perdre pied, perdre cœur et continuer quand même, voir le ciel passé à la limaille de fer, les étoiles en tomber comme de la sale poussière d'or, et entendre à cet instant, à cette perfection accomplie du désastre, entendre la bonne voix confiante, paisible, la voix jaune clair qui promettait de ramener le bateau au port. Trois jours, trois nuits à vivre crâne ouvert, à entendre le sinistre déchirement du tissu de l'invisible et assister au suicide de Dieu en direct sous mes yeux, dans mes yeux, des tonnes d'eau noire explosant dans la cale du cerveau, la fin des projets et des rêves. Et toujours ce rien de la confiance, cette incroyable traînée de poudre d'une paix profonde, plus profonde que la mort et ses océans lâchés. Arc-bouté à la mort, d'un coup la renverser : j'avais vécu ce renversement.

Qu'est-ce que tu as? Rien, je viens de finir la lecture de *Typhon* de Conrad. J'ai mis trois jours et trois nuits à le lire. C'est bien? Je ne sais pas répondre à ta question. Un livre est voyant ou il n'est rien. Son travail est d'allumer la lumière dans les palais de nos cerveaux déserts. L'écriture en sait plus long que la mort et de ça, je suis sûr. J'ai payé pour le savoir: trois jours, trois nuits.

Des yeux d’or

Deux choses importantes sont arrivées aujourd'hui. J'ai tout de suite su qu'il n'y en aurait pas d'autres. À deux heures de l'après-midi c'était plié. Deux émerveillements c'est beaucoup pour un seul jour, non ? Le premier miracle c'était la tête du cheval brun chocolat enfoncée dans l'herbe haute noyée de boutons d'or. L'animal mangeait, éclaboussé d'or et d'émeraude. Manger est un travail sérieux. Sérieux et rêveur à la fois. J'étais si heureux de le voir. Allons, le ciel ne s'effondrerait pas encore ce jour-là puisqu'un sage à tête de cheval mâchait la lumière verte mouillée de pièces d'or. Cette vision avait quelque chose de religieux. La vie banale était tranquillement soulevée au-dessus d'elle-même. Il y a dans la nature les fragments d'un alphabet ancien, des morceaux de lettres capitales, des ruisselets d'italiques, de grands espacements bleus de silence. Et parfois, par on ne sait quelle grâce, plusieurs lettres s'assemblent, des mots apparaissent avec ce qu'il faut entre eux de silence respirant — une phrase est tracée. Vous la voyez, vous la lisez, elle ne reste pas en place, elle s'efface très vite. Le cheval brun, sa tête plongée dans l'or et les herbes dociles, composait une phrase infiniment rassurante sur la vie. Vous voyez, cet attendrissement qu'on a devant la naïveté d'un tout petit enfant, cette sorte de courant d'air qui traverse le cœur à la vue de l'enfant confiant — eh bien l'ange à crinière et grand appétit d'or, sa vision engendrait dans mon cœur le même genre de brise. Je ne contemplais — entendons-nous bien — qu'un cheval lourd, mastiquant de l'herbe engraissée par des jours et des jours de pluie. Mais, et le miracle est là, dans la même vue je découvrais un ange mangeur d'étoiles, un moine des heures oisives, la preuve que la vie n'était pas fâchée avec nous, qu'elle n'avait jamais été aussi proche, immatérielle, impalpable, verte et jaune avec son portier nonchalant à tête de cheval. Vous savez, des fois je me demande si je suis normal. La réponse est non. Mais la réponse ne m'inquiète pas. Ce qui compte c'est la puissance de la joie qui éclate à la vitre de nos yeux. Une apparition, une seule, et tout est sauvé. Alors, pensez, deux. Car il y a eu, après la paix fabuleuse incarnée par le cheval mâchant, une deuxième rencontre : un bouquet de pois de senteur sur la table. Des fleurs bleues et roses, une haleine divine, des fantômes aristocrates, la légèreté d'un chagrin d'amour. Le miracle, mettons cette chose au point, est toujours en deux temps : d'abord il y a la vie plate, incontestable.

Ces pois de senteur, je les avais ramenés moi-même à la maison. Je trouvais leurs fleurs belles, mais sans plus. Le miracle arrive dans un deuxième temps, quand s'éveille ce qui dormait sous nos yeux, quand ce qui surgit de la vie crève nos yeux et les remplace par des yeux d'or. Ils s'ouvrent et d'un seul rayon brûlent les apparences de la vie comme celles de la mort. Enfin on voit, enfin on sait même s'il est très difficile de dire ce que l'on sait, ce que l'on voit, cheval ou pois de senteur. Je précise ceci au sujet des fleurs bleues et roses : je les ai soudain connues si délicates que je n'ai pu les regarder en face très longtemps. La pureté est un soleil plus dur que le soleil. Il n'y a pas de jour où je ne reçoive une leçon merveilleusement éprouvante. Des yeux d'or poussent sous mes paupières. Je regarde à travers eux, très vite, ça ne dure pas. Le cheval redevient cheval et la fleur fleur. Les yeux d'or se fanent ou me sont enlevés — comme on enlève les yeux de billes de la tête d'un baigneur. Reviennent les yeux de chair et la vie normale. Normale ?

quand ils voient un miracle
la plupart ferment les yeux

Vita Nova

J'ai lu plus de livres qu'un alcoolique boit de bouteilles. Je ne peux m'éloigner d'eux plus d'un jour. Leurs lenteurs ont des manières de guérisseur. J'ai passé des étés dans leurs chapelles fraîches, taillées dans la falaise crayeuse d'un beau silence. Le poète qui a repeint les appartements du paradis et de l'enfer, je sors ses livres du buffet où ils prennent une teinte d'icône. J'ouvre *la vie nouvelle* au hasard et délivre deux enfants dont j'époussette le costume avant de les laisser courir dans la lumière.

Dante descend aux enfers comme on descend à la cave chercher une bonne bouteille. Je l'accompagne, traverse à ses côtés un lieu où des tombes brûlent, quand j'entends des appels au fond du jardin. La première fois je crois à une hallucination. La seconde je me rapproche de la fenêtre et je comprends qu'il s'agit de chasseurs rappelant leurs chiens égarés. Je connais ces chiens. L'un d'eux s'est un dimanche aventuré devant ma maison. Poil ras, gueule éteinte, déprimé comme un diable captif d'un bas-relief roman, il faisait tinter à son cou un collier de grelots semblables à des larmes pétrifiées. Je lui avais donné un morceau de brioche. Ce don l'avait accablé, tant il semblait accoutumé — comme au seul paradis connu de lui — aux mauvais traitements de son maître. Les yeux blanchis de toute espérance, il n'était qu'une machine à tuer digne de compassion. Il remontait des enfers de Dante par la faille d'un de ses chants. Les chasseurs ont cessé d'appeler. Ils ont dû retrouver leurs chiens, les entasser dans leurs voitures cages. Au bord d'une rivière de feu, Dante découvre ces gens qui ont passé leur vie en ne faisant ni bien, ni mal. Ceux-là « qui ne furent que pour eux-mêmes », le ciel les refuse et l'enfer les recrache. Leur est réservé le châtiment de courir nus, poursuivis par des milliers d'abeilles. Je ferme le livre, reviens au monde où s'agitent les mêmes pauvres diables que dans le poème.

Retour d'Autun. J'ai au bord des lèvres le nom de celle avec qui j'allais sur cette route, il y a vingt ans. Les arbres qui se souviennent de son rire font pleuvoir sur son fantôme des taches de couleurs chaudes. Une école surgit d'un virage comme un chagrin embusqué. Un cimetière médite au milieu des vaches. L'odeur qui monte de la terre après une pluie persuade de vivre sans inquiétude les dix mille prochaines années. Je ralentis à la vue de la pancarte : « chasse en cours ». Un sanglier au poil noir goudron déboule sur la route à cinq mètres en avant. Nos vies se croisent. Il joue sa peau tandis que je songe aux heureuses lectures qui m'attendent. Le dieu paniqué s'enfonce dans les taillis. Les incroyants armés ont perdu sa trace. Je ne comprends plus ce qu'est cette vie où, *au même instant*, les uns entendent vibrer les abeilles de leur mort à leurs tempes, tandis que les autres savourent d'avoir une éternité devant eux pour lire des choses très douces.

Nous avançons dans la vie avec des mains rougies de criminel. Le déluge de notre mort les blanchira.

Les âmes
sont des compas dont
la pointe tremble à
l'instant de se planter.
Seuls les saints en tracent
le cercle parfait.

La main de vie

Deux anges couillus descendus sur terre pour remettre de l'ordre : Menuhin et Oïstrakh dans un vieux film noir et blanc jouent un concerto de Bach. Les deux violonistes jouent si intensément qu'on dirait qu'ils ne jouent pas et ne font plus qu'entendre. Oïstrakh écoute son violon plus fébrilement qu'une mère guette la respiration de son nouveau-né. En smoking, ces deux employés du ciel soulèvent le monde comme on ramasse une pierre qui encombre le chemin, pour la jeter au loin. Leurs mains blanches s'envolent des manches noir corbeau. Menuhin ferme ses paupières sous le poids d'une pensée, lève son aristocratique visage vers le maître du silence tout là-haut dans les cintres. Je vois le bec de cygne de la main, je vois l'archet brutalement rejeté par les cordes qu'il caresse, je sais que Bach est fou, je l'entends, il est fou d'une folie d'angoisse. Sa musique se rue vers Dieu comme un enfant en bas âge se lance d'un coup sur ses jambes novices, misant que la chute arrivera juste au creux des bras de la mère, dans leur demi-cercle accueillant. Et l'enfant poussé par des mains d'angoisse court sur l'abîme, recueilli à temps par les bras maternels du silence.

Je sais une photo de mon père dans le même noir et blanc qui divinise les deux musiciens. Il est dehors, dans la neige. Pour les réchauffer il frotte ses mains, ou plutôt une main enveloppe l'autre de sa bonne confiance. Par ce geste il rejoint les deux virtuoses aujourd'hui morts comme lui : les voir donne assez de feu pour traverser les étendues glacées du monde.

La nuit est noire comme les parois d'une rose rouge. J'entends grésiller la mèche de la bougie de la Madeleine à la veilleuse, dans le tableau de Georges de La Tour. Je vois le vide qu'il y a entre les hommes, plus grand que celui qui sépare une étoile d'une autre étoile. Chacun travaille, travaille, travaille à son sombre intérêt et ceux qui n'y travaillent pas sont broyés. Bach est un enfant dont l'angoisse est si grande qu'il fait venir l'éternel à son chevet.

À la maison un ange, clope au bec, faisait la vaisselle. Mon père tenait trois verres nettoyés dans sa main et me disait à chaque fois : « Il ne faut surtout pas serrer, sinon ça éclate. » L'écriture, c'est pareil. Mes mains sont contentes de retrouver les assiettes fleuries, de les ressusciter sous une pluie d'eau chaude et citronnée. Faire la vaisselle est une activité métaphysique qui redonne à un morceau de matière un peu de l'éclat du premier matin du monde. Dans les lointains une télévision accomplit sa morne besogne comme un bourreau tranchant sans émotion les têtes divines du silence et du songe. Un train de publicités déchire l'air, une pluie de miracles tristes s'abat sur le monde, dont les prophètes sont des créatures jeunes, lisses, au sourire millimétré. Nous devons être très malheureux pour engendrer de tels rêves compensatoires. Les reliefs du repas glissent dans la poubelle tandis que dans mon dos les mannequins marchands dressent sur les ondes leur table infernale. L'absence de vérité dans une voix est pire que la fin du monde. On ne tord pas un rayon de soleil. La vaisselle renaît deux fois par jour. Son mouvement est celui des marées, une pulsation de l'énigmatique banalité des jours. J'aime faire la vaisselle « à l'ancienne » : à la main. Les mannequins au masque d'or vantent des choses extraordinaires.

On dirait qu'ils ont trouvé un remède contre la mort — mais la mort n'est pas une maladie. Un verre de cristal se brise dans l'évier, un peu de sang perle à mon doigt — un nuage rouge sur ciel de chair, un poème bredouillé du vivant. Les animaux, les nuages et les assiettes connaissent le grand heurt de la vie. Leurs mélancolies, leurs délitements, leurs bords ébréchés en témoignent. Je suis partisan des bouses de vache, des livres en papier et de la vaisselle faite à la main. Je n'ai jamais rien vu de vrai que la vie blessée, rougie de maladresse.

Un jour un médecin s'est trompé, m'a fait pour apaiser les douleurs d'un calcul la mauvaise piqûre : en quelques instants mon visage et ma poitrine se sont couverts d'un rouge tomate et ma tension est tombée à trois. Le médecin pour contrer la réaction d'allergie a brisé une ampoule et mon père m'a tenu la main. J'avais les yeux clos, je n'entendais plus rien. Je ne sentais plus que cette main paternelle. Je me suis fait assez petit pour qu'elle m'abrite tout entier, je me suis réfugié corps et âme en elle. Elle était devenue, cette main un peu lourde à la chair plissée, mon asile, ma certitude, toute ma croyance. Les mains d'Oïstrakh et celles de Menuhin tiennent semblablement la main divine de la vie, la retiennent de passer du rouge au noir puis au glacé. La beauté a puissance de résurrection. Il suffit de voir et d'entendre. C'est par distraction que nous n'entrons pas au paradis de notre vivant, uniquement par distraction.

Trésors vivants

Le monde est inondé de saints — je veux dire : de martyrs, car je ne distingue pas ces deux mots. Ils se multiplient, chaque jour plus nombreux. On les appelle « malades d'Alzheimer ». En se multipliant ils nous font le don d'une vie réduite à sa base, harassante, exténuante, délivrée de tous les ordres de la vie moderne : acheter, envier, triompher. Écraser. Pour ces gens, cette vie qui n'est pas la vie, qui ne l'a jamais été, est terminée. Leurs yeux sont craintivement ouverts sur l'insondable. Ils sont la proie d'une maladie métaphysique qui dissout le monde. Nous devrions les regarder comme des trésors vivants. Souvent ils demandent leur chemin. Ils le demandent à nous qui sommes égarés dans un monde médiocrement éclairé par de tristes divertissements. Ils cherchent d'une main tremblante la main d'un ange, car ils savent que les anges existent. Parfois aussi ils parlent à leurs morts. Eux qui oublient tout n'oublient pas ceux qui les ont éblouis dans des temps anciens. Mon père pleurait chaque fois qu'il évoquait son frère mort dans sa petite enfance. Dans son cœur désencombré, redevenu cristal, la scène flambait : ignorant que la maladie de son frère était contagieuse, il avait grimpé sur le lit, escaladé la montagne d'édredon rouge pour embrasser le mourant, et reçu une claque du médecin. Cette claque inexpliquée, il en ressentait la brûlure plusieurs dizaines d'années après.

Mon père a séjourné un an dans une de ces maisons digne de figurer au patrimoine de l'inhumanité. Jamais son visage ne s'est éteint. Je ne crois pas à ce qu'on dit : « Ils ne nous reconnaissent plus. » Reconnaître c'est aimer, et aimer c'est sauvage, indicible. Quand mon père ne savait plus rien de moi, il savait encore qui j'étais, je le sentais, je l'éprouvais et ce qu'on éprouve est plus grand que tout ce que nous dit la science. Ne trouvant plus les prénoms, il rusait. Interrogé sur moi il répondait : « c'est celui qu'on n'oublie pas », et sur ma mère : « c'est la meilleure ». Ces oublieux n'oublient rien d'essentiel. C'est ce qui les distingue de nous.

Nous finirons tous en miettes. J'ai erré dans le champ de bataille, vu les âmes défigurées, l'affreuse plaie de la résignation. J'ai entendu le silence surtout, un tocsin de silence. Ce que j'ai vu était sublime, banal et terrible. Les visages, clos. Les paroles, absentes. En tout une quinzaine de vieillards. On amène la nourriture sur un chariot. Ces gens se voient à table deux fois par jour. Ils ne se sont pas choisis. Depuis la toute petite enfance ils sont en route pour cette rencontre. Les paravents sont tombés, les paravents de la jeunesse, de la beauté et de la place acquise. Pour voir quelque chose, il faut lutter, écarter les branches du néant qui cinglent le visage quand on les relâche trop tôt. Un homme met du sucre dans la tasse de son voisin égaré. Une femme en aide une autre à rompre du pain. Chacun de ces vieillards est immense et ne le sait pas, et se moquerait si on le lui disait. Il faudrait que quelqu'un aille les chercher un par un, et les sorte de leur torpeur qu'ils prennent pour une fatalité, un ordre venu d'en haut. Nous finirons tous en miettes. J'ai pour eux la colère qu'ils n'ont plus. Ils sont bien plus abandonnés que les jonquilles sauvages dans les bois où aucun promeneur ne va. Leur petite enfance promettait infiniment plus de lumière que ces fleurs. Et maintenant ? Le vent est un saint dont on ne voit jamais le visage. Il ne cesse pas de parler aux jonquilles. Même quand il ne parle plus, elles continuent de l'entendre. Et ici, dans cette salle, où est le vent ? Pauvres, pauvres flammes chancelantes. Étoiles qui balbutient. Ce que ces gens ont d'adorable, c'est d'être en vie malgré tout, malgré eux — et les plus ravagés sont les plus royaux. J'ai vu de l'or dans le néant, des bijoux de visages jetés dans la boue. Nous finirons tous en miettes mais ces miettes sont en or et un ange, l'heure venue, travaillera à partir d'elles, à refaire le pain entier.

Les fleurs de cerisier
condamnées à mort
en rient de plus belle.

Les minutes suspendues

C'est une manière sûre, pour reconnaître la vraie beauté, que de mesurer la haine qu'elle attire sur elle. Le visage du christ, avant d'être enluminé par les moines agoraphobes, l'a été par l'or blanc des crachats.

Soigneusement découpées au ciseau dans le papier vert de l'air, les feuilles d'acanthe ondulent au pied de la cathédrale de Maguelone. « Elles poussent comme du chiendent », dit une femme, crachant par cette parole sur la beauté des fleurs. Mauves, grisâtres, surmontées d'une coiffe pudique, elles célèbrent l'éternel avec leurs cris muets. Les ronces, la rouille et la pluie font depuis toujours escorte au dieu d'air.

Le banal et le pauvre soulèvent la poussière de leur néant pour saluer les étoiles qui sont de leur famille. Les plus belles minutes de ma vie, les minutes suspendues, je les ai passées accroupi sur un trottoir lépreux, rue d'Allevard au Creusot, à montrer à une toute petite fille la splendeur d'une feuille morte, la riche calligraphie du temps qui fissure les façades des maisons et ajoute ses notes au bas des pages de pierre.

Mettez une énorme feuille de vigne vierge rosée, pas tout à fait rouge encore, entre les doigts potelés d'un enfant vieux de quelques mois. Regardez ses yeux rouler d'étonnement puis de délice. Voyez comme il déchire la chair de la lumière rose, voyez cette enfantine mise à mort du miracle et la joie que cela met dans votre cœur simplifié. Le rose qui n'était que sur la feuille de vigne, maintenant que la feuille est déchiquetée, poussière de poussière, le rose est partout dans l'air, sur vos lèvres, dans vos yeux, au fond de votre âme soudain rafraîchie. Vous venez d'assister à la naissance et à la fin du monde entre les doigts boudinés de Dieu.

Je ne pense jamais à Dieu quand j'entre dans une cathédrale. J'y entre pour sentir la vieille main amicale du froid sur mon épaule. J'essaie à chaque fois de voir les morts qui ont élevé tout ça et qui aujourd'hui ne pourraient même pas soulever un flocon de neige. Je ne vois que les bougies réunies en concile. Un peu de cire et d'or perdu, un trésor d'enfant avec des tonnes de pierres le protégeant. Je marche dans la nef comme dans un crâne de nouveau-né où tout est calme et aux aguets. Des musiciens baroques répètent le concert de ce soir. L'un d'eux pour amuser ses collègues revêt un masque de cheval et sort quelques airs foireux de sa trompette.

Sur la vague de marbre de l'autel un crucifix brille autant que la trompette. Le christ absent et le baroqueux improvisent une ode à l'agonie émerveillante de chaque seconde qui passe.

La cathédrale de Maguelone, faite de pierres tirées de la mer proche, est une grosse coquille vide : Dieu Bernard-Lhermitte est parti, il était là il y a deux minutes, il s'éloigne au fond du jardin. Je croyais que les feuilles d'acanthe, désignant un terme d'architecture, ne poussaient que dans la pierre romane pour éventer diables et saints. Je les découvre au naturel, donnant au jardin une allure de jungle. Près des fleurs rôdent des paons. Leurs cris ont la splendeur d'un deuil. Des cris d'arraché vivant à la vie. Par temps clair on voit jusqu'à Dieu.

Le silence,
Ce cadeau des anges
dont nous ne voulons
plus, que nous ne
cherchons plus à
ouvrir.

Mieux qu'un ange

Le Christ sort au matin de la vieille maison fatiguée du monde. Il a une trentaine d'années. Il n'emporte rien avec lui. Il commence sa vie buissonnière dont, après sa disparition, ses amis recueillent des lambeaux. La joie de l'air contre ses tempes, les confidences de l'eau entre ses mains, les éblouissements des renards qui croisaient son chemin — de tout cela rien ne nous est parvenu. Quelques paroles dont la plupart empruntent leur beauté à l'univers patient des bergers, des pêcheurs, des viticulteurs : voilà tout ce qui reste du passage sur terre du plus grand des poètes. Car c'est être poète que regarder la vie et la mort en face, et réveiller les étoiles dans le néant des cœurs. Les commentateurs ont usé jusqu'à la corde ces paroles de l'errant. Elles résistent. Le simple est inépuisable. Comme des frelons sur une poire tombée dans l'herbe, ainsi s'agitent les théologiens, agglutinés autour des larmes d'un visage si humain qu'il en devenait divin. « Mon dieu, mon dieu, pourquoi m'as-tu abandonné ? » Cette parole du Christ est la parole la plus amoureuse qui soit. Chacun en connaît la vibration intime. Aucune vie ne peut faire l'économie de ce cri. Cette parole est le cœur de l'amour, sa flamme qui tremble, se couche et ne s'éteint pas. Elle est aussi bien la seule preuve de l'existence de Dieu : on ne s'adresse pas ainsi au néant. On ne fait pas de reproches au vide.

Après, plus rien — l'arrachement du souffle, l'énergie qui déserte ce qui n'est plus que chair pourrissante. Cette dernière flambée de la parole fait du christ mieux qu'un ange : notre frère angoissé et fragile. « Mon dieu, mon dieu, pourquoi m'as-tu abandonné ? » Ce cri qui s'en va exploser contre la gueule de marbre d'un Dieu muet, fait de celui qui le jette notre intime, le plus proche d'entre les proches : nous-même quand la confiance s'en va de nous comme le sang par une veine coupée et que nous continuons à parler amoureusement à ce qui nous tue.

Il faut que le noir s'accentue pour que la première étoile apparaisse.

Les morts
sont des gens étranges.
Leurs paupières ont
la lourdeur des pierres
de monastère. On
les dirait captifs
d'une lecture pour
nous indéchiffrable.

Le petit charbonnier

J'ai vu la mort éteindre deux yeux couleur de mirabelle. Ces yeux étaient ceux d'un petit chat noir à la maigreur franciscaine, sorti de la forêt qui entoure la maison où j'écris. Deux années d'enchantement ont suivi sa venue avant que la mort mette la main sur ce joyau. Dans la dernière heure, son corps adopte une souplesse de poupée de chiffon, ses yeux tiennent un peu jusqu'à ce qu'une sidération les écarquille et que leur couleur mirabelle inonde le monde. Son étonnement est alors d'un vrai penseur qui sent que quelque chose est sur le point de naître. Puis une lumière noire, liquide, luisante comme une laque couvre ses yeux. Quelqu'un dont le masque semble celui d'une divinité égyptienne me regarde à travers eux sans me voir — un juge si profond qu'il renonce à son jugement. Des royaumes de nuit me fixent, indifférents. Et tout prend fin. Une confiance, une douceur et une élégance ont ce soir-là à jamais disparu de l'univers. Quand je repense à cette soirée, un long éclair traverse mon cerveau et s'enfonce dans ses entassements blancs. J'avais eu le triste privilège de voir une innocence vidée en un instant de sa lumière. La grande vague noire lancée du fond des temps avait repris un des siens. Le chat avait rejoint la source de ses beaux yeux.

La vie nous mène à la mort comme une chatte, en les prenant dans sa gueule, mène ses chatons à l'abri. Des ailes friables des papillons aux fronts soucieux des morts, le même secret est proposé à notre étude. Les yeux escamotés du petit chat amenaient une révélation qui ne porte pas de nom. C'est dans l'espérance de trouver ce nom que s'écrivent les plus purs poèmes, et c'est pour toucher l'écorce du nom imprononçable que nos mains se posent sur un livre. Nous avons une légère avance sur la grande vague noire dont parfois nous entendons le grondement au loin. Que faire de cette avance vite perdue ? Qu'en faire de sensé sinon rien, marcher sur une route de campagne, ouvrir un livre, regarder une rose faire craquer son corsage ? Quand il marchait sur la couverture brune du lit le petit chat laissait de minuscules bosses de lumière. Il a en un bond prodigieux sauté sur les genoux de mon père disparu. Je sais ce que c'est maintenant, un chat : c'est quelqu'un qui ressemble à un chat, qui vient et qui vous prend le cœur.

La restitution

Dieu ordonne aux hommes de s'emparer de la terre. Tous se précipitent sauf une gitane qui s'attarde devant un mûrier dont elle contemple les fruits de sang noir. Quand elle se met enfin en route, tout est pris. Radicale et absolue, elle est la mère des poètes. De cette lumineuse fainéante descendent toutes les Rabia du monde — à l'image de celle qui arrive aujourd'hui, battant les rues de Paris. Elle porte depuis toujours les mêmes jupes exténuées par l'esprit, dont une à bouillonnantes cerises rouges, plus vivante que celles des grands couturiers. Revêtue de l'éclat de son désastre elle arrive comme une reine. Son visage : la colombe du Saint-Esprit avec du rouge à lèvres. Elle aime la vie comme seuls peuvent l'aimer ceux qui ont traversé de telles épreuves qu'ils ont avalé leur mort. « Elle porte toujours la même jupe » est le procès mortel que lui fait la rumeur. C'est méconnaître en elle cet absolu qui lui fait rechercher une jupe aussi aveuglante qu'un poème. En guise d'excuse elle répond : « J'aime la pauvreté mais avec un fil d'or. » Un jour de soldes à Paris lui apparaît la jupe mystique qui se déploie comme un soleil soufi multicolore : une jupe du bord du Gange, aussi légère que ces robes de légende qui passaient à travers un anneau de mariage. Cette jupe tissée par une fillette indienne affamée pour de riches Occidentaux éclabousse l'univers de ses rayons colorés, faisant de celle qui l'emporte l'engloutie du soleil. Marchant sous le ciel avec dans un sac plastique la jupe de Shéhérazade, sa joie est une danseuse étoile sur le parquet plein d'échardes du monde. Elle passe devant une vieille gitane, chair et âme fondus dans les flammes infernales de la haute misère, mains vrillées en cep autour d'une canne, un fichu collé à ses tempes comme un pansement pourri. Sur l'eau trouble des yeux, l'ombre assassine d'une douceur feinte. Cela arrive en un éclair comme tout ce qui arrive vraiment — une défaite somptueuse de la raison, un tremblement de ciel. Elle tend le sac à la mendiante qui arrache en maugréant la jupe des *Mille et Une Nuits*, le tissu irradié sorti de l'atelier des anges, la preuve sur chiffon de l'existence de Dieu. Puis elle file, marchant sur l'abîme de sa propre vie, soulevée par son geste hermétique. Aucun sacrifice, juste l'obéissance à un ordre silencieux venu d'on ne sait où. Disparue de la surface du monde — la vieille l'a emportée dans le conte de fées où elle mange avec les morts — la splendeur de la jupe revient dans la parole de celle qui l'a donnée, dans la ruade de sa parole qui en garde l'essentiel, qui fait plus qu'en garder l'essentiel, qui éternise par ses poèmes l'aristocratique joie d'avoir restitué le plus précieux à ceux que le monde dépouille.

J'ai fait la course
sur la terrasse avec une
fourmi et j'ai été battu.
Alors je me suis assis
au soleil et j'ai pensé
aux esclaves milliardaires
de Wall Street.

Un trousseau de clés

Je lisais un philosophe quand la grande vague de rire m'a envahi. Un rire silencieux, sismique, souterrain. En montant à la chair du visage il ne donnait qu'un sourire, une secousse de surface mais par-dessous mon cœur était brûlant, un brasier dans ma poitrine. Le philosophe était plus qu'estimable. Il avait trouvé un trousseau de clés perdu dans l'herbe. De belles clés en or, larges comme les clés d'une ville et à peu près aussi inutiles : il n'y avait pas de portes. Il n'y en avait jamais eu. Les clés ne servaient à rien – ce qui avait fait lever en moi le grand rire silencieux qu'à présent je partageais avec le bouquet de freesias sur le bord de la fenêtre. Un duvet volait sous mes yeux. Ce peut être joyeux de n'être qu'une poussière. Les fleurs riaient de toutes leurs couleurs. Une araignée grimpait à sa corde d'argent de l'autre côté de la vitre. Elle filait droit au ciel comme une parole sans prudence. Et elle riait de l'inutilité de toute philosophie, comme en riaient les fleurs et la vigne vierge autour de la fenêtre, et les pages blanches pas encore cuites sur le bureau. Le mot « bureau », même, devenait farceur, comique. Vraiment j'aimais ce philosophe. Ses phrases étaient pleines d'une paix lumineuse, aérée, bienfaisante. Mais le grand rire était plus fort. Il venait du fond des étoiles, lancé comme une pierre. Les livres des philosophes sont comme ces masques de carton qu'on fait tenir par un élastique contre son visage. Dessous le carton on manque d'air. Regarde, me disaient les fleurs dont l'odeur retapissait la chambre. Regarde : il n'y a pas de porte, nulle part. Il n'y a que notre parfum, nos couleurs et nos rires. L'autre monde commence par ce rire. L'autre monde est ce rire. Pourquoi chercher ailleurs, autre chose ? Le dieu est un enfant qui se cache et il y a un moment où il se trahit : quand on passe près de lui, on entend son fou rire. Tu peux l'entendre dans la musique, dans le silence. Dans le bourgeon qui éclate, derrière le nuage qui passe ; dans une bouche édentée. Partout. C'est incroyable le bruit que peut faire un bouquet de fleurs dans une toute petite chambre. Elles me soûlaient. Aucune philosophie au monde n'arrive à la hauteur d'une seule marguerite, d'une seule ronce, d'un seul caillou discutant comme un moine rasé en tête à tête avec le soleil et riant, riant, riant.

Je regarde le bleu du ciel. Il n'y a pas de porte. Ou bien elle est ouverte depuis toujours. Dans ce bleu j'entends parfois un rire, le même que celui des fleurs : impossible de l'entendre sans aussitôt le partager.

Ce bleu, je le glisse dans ce livre, pour vous.

J'ai pris la main du diable. Sous ses ongles noirs j'ai vu de la lumière.

Du même auteur

Aux Éditions Gallimard

Un assassin blanc comme neige

La Part manquante

La Femme à venir

Une petite robe de fête

Le Très-Bas

L'Inespérée

La Folle Allure

La Plus que vive

Autoportrait au radiateur

Geai

Ressusciter

La Lumière du monde

Louise Amour

L'Enchantement simple et autres textes

La Dame blanche

Les Ruines du ciel

La Présence pure

En collaboration avec Édouard Boubat

Donne-moi quelque chose qui ne meure pas

Aux Éditions Fata Morgana

Souveraineté du vide suivi de *Lettres d'or*

L'Homme du désastre

Lettres d'or

Éloge du rien

Le Colporteur

La vie passante

Un livre inutile

Éclat du solitaire

Aux Éditions Lettres Vives

L'Enchantement simple

Le Huitième Jour de la semaine

L'Autre Visage

L'Éloignement du monde

Mozart et la pluie

Le Christ aux coquelicots

Une bibliothèque de nuages

Carnet du soleil

Aux Éditions du Mercure de France

Tout le monde est occupé

Prisonnier au berceau

Aux Éditions La Passe du Vent

La Merveille et l'obscur

Aux Éditions Théodore Balmoral

Cœur de neige

Aux Éditions Brandes

Lettre pourpre
Le Feu des chambres

Aux Éditions Le Temps qu'il fait

Isabelle Bruges
Quelques jours avec elles
L'Épuisement
L'Homme qui marche
L'Équilibriste

Livres pour enfants

Clémence Grenouille
Une conférence d'Hélène Cassicadou
Gaël premier roi d'Abîmmmmmme et de Mornelonge
Le Jour où Franklin mangea le soleil

Édition : Sophie de Sivry
Conception graphique : al@ga
Coordination éditoriale : Élise Gruau
Photogravure : Artisans du Regard (Paris)
Relecture : Nathalie Sawmy

Cet ouvrage a été achevé d'imprimer
par l'Imprimerie Floch, à Mayenne (53)
en décembre 2012.
Dépôt légal : août 2012
N° d'impression : 83686
Imprimé en France